Heinz Landon-Burgher

RSD

Reiseservice

0800-503 575 890

Eine Kriminalgeschichte

Herstellung und Verlag:
BoD – Books on Demand, Norderstedt
Copyright: 2019 Karl Heinz Landenberger
ISBN 978-3-7392-4140-1

Vorwort:

Dieser Krimi berichtet von einer wahren Begebenheit. Es ist wirklich so passiert. Telefonnummern und Bankkonten existieren real. Selbst die Namen der Personen, die in dieser Geschichte eine Rolle spielen, sind nicht verändert. Ziel der Geschichte ist, dass Tausende erkennen, dass sie Opfer eines Betruges geworden sind, ohne es zu wissen. Auch ich habe erst fünf Jahre später gemerkt, dass ich betrogen wurde.

Reiseland Türkei

Die Türkei ist ein wunderschönes Reiseland. Die herrlichen Strände, das warme Meerwasser, die großzügigen, modernen Hotelanlagen, das gute, ja sehr gute Essen und die einmalig moderaten Preise. Ich war mindestens schon achtmal dort, mit den verschiedensten Reiseveranstaltern und auch schon ganz individuell.

Studienreisen

Zweimal machte ich auch eine Studienreise mit dem RSD Reiseservice. Eine Kappadokien-Reise und eine Rundfahrt im nördlichen, türkischen Teil der Insel Zypern. Beide Reisen ließen nichts zu wünschen übrig. Der Urlaub in der Türkei erfüllte, wie immer, alle Erwartungen.

RSD Reiseservice

Dieser Reisedienst, als Adresse gibt er an, 80687 München, Eisenheimerstraße 61. Es ist eine GmbH. Unter 0800-505 243 097 kann man anrufen und die gewünschte Reise buchen. In renommierten Blättern legt er seine Prospekte bei, z.B. in der Ärztezeitung oder bei Haus- und Grundbesitzer, also bei Lesern, die zu der wohlhabenden Schicht der Bevölkerung zählen.

Einmalig günstige Preise

Es gibt ein Sprichwort, d.h.: „Bei den Reichen kann man das sparen lernen". Nach diesem Motto werden die Reisen angeboten, zu einem unschlagbar niedrigen Preis. Das neueste Angebot ist eine sensationelle, exklusive Studienreise Marokko mit anschließender Erholung in Marrakesch im 4 Sterne Traumhotel für eine weitere Woche. Und das ganze zum Vorzugspreis von 199,00 € statt. 1.199,00 €, also um 1.000,00 € billiger.

Erweitertes Programm

Eine Marokkoreise habe ich auch schon zur vollen Zufriedenheit mit diesem Unternehmen gemacht und auch in den arabischen Emiraten war ich schon mit dem RSD Reiseservice. Das Angebot wird ständig ausgeweitet. Von acht deutschen Flughäfen, also von allen großen Hauptstädten starten die Flugreisen.

Nebensaison

Eine Besonderheit ist, alle Reisetermine liegen in der Nachsaison. Es können also nur Personen, die keine Kinder in der Schule haben, also Rentner oder Singles, einen solchen Termin wahrnehmen. Die in der Hauptsaison überfüllten Hotels der Türkei stehen jetzt leer. Das erklär den ungewöhnlich niedrigen Preis.

Staatszuschuss??

Angeblich bezahlt der türkische Staat für jeden Reisenden zu dieser Zeit einen bestimmten Betrag, weil ihm das immer noch billiger kommt, als wenn er Arbeitslosengeld an all die arbeitslos gewordenen Hotelangestellten zahlen müsste. Eine vernünftige Regelung für alle Beteiligen.

Einkäufe

Die Reisenden lassen außerdem noch einiges an Geld liegen: Spezielle Ausflüge, besondere Eintrittsgelder müssen separat bezahlt werden. Da immer nur Übernachtung und Frühstück eingerechnet sind, kommt Mittagessen und Abendessen jedes Mal dazu. Selbstverständlich.

Abschlusstag

Am meisten bringt freilich jedes Mal der Abschlusstag. Da werden die Reisenden in ein großes Ledergeschäft gefahren, in ein Schmuckcenter und ein Teppichzentrum. Die gut betuchten Rentner und Pensionäre kaufen regelmäßig gut ein.

Auch ich

Nach der Kappadokienfahrt führte man uns in eine Teppichknüpferei. Es war hochinteressant. Man konnte zusehen, wie die Teppichknüpferinnen bei der Arbeit ihre doppelten Knoten knüpften und nach welchem Muster. Besonders interessierte mich wie aus dem Kokon der

Seidenraupe der Seidenfaden hergestellt wird. Das hatte ich so noch nicht gesehen. Obwohl ich in meiner Wohnung keinen Platz mehr hatte, für einen weiteren handgeknüpften Teppich, konnte ich nicht widerstehen, wenigstens einen kleinen zu kaufen. Er liegt jetzt in der Diele über meinem Afghanen. Er war nicht allzu teuer, ein Wollteppich, keine Seide, und die Knüpfung nicht allzu fein. Aber er hat kräftige Farben und ein ansprechendes Muster.

Schmuckcenter

Anschließend ging es in Schmuckcenter, angeblich das größte in der Türkei. Es sei staatlich und die Preise werden vom Staat festgesetzt, sagte man uns. Ein Feilschen sei deshalb nicht möglich.

Es ist ein riesiges, modernes Gebäude. Im Erdgeschoss sind die Werkstätten der Goldschmiede. Wenn man hineinkommt, sieht man hinter Glasscheiben ein gutes Dutzend von ihnen hinter ihren Werkbänken. Sie feilen und schleifen und passen Edelsteine in vorgefertigte Facetten von Ringen, Broschen und Halsketten. Es ist überaus beeindruckend, und man merkt sofort, dass die Türkei, was Juwelen anbetrifft, mit an der Weltspitze liegt.

Lebensgefährtin

Eigentlich wollte ich diese Reise mit ihr zusammen unternehmen. Es war auch schon alles bezahlt. Die Extrakosten für Ausflüge, Vollpension, Abflugtermine, ... Drei Tage vor dem Reiseantritt erkrankte sie allerdings, und sie musste ins Krankenhaus. Da ihr Gesundheitszustand aber nicht besorgniserregend war, und ich keine Rücktrittsversicherung abgeschlossen hatte, wagte ich, die Reise alleine anzutreten.

Mitbringsel

Sie stammt aus einem Juwelierhaus und hat große Freude an schönem Schmuck. So beschloss ich, ihr wenigstens einen schönen Ring mitzubringen. Ihre Lieblingssteine sind Saphir, Rubin und Smaragd. Im oberen Stockwerk des Centers sind diese Kleinode in überwältigender Fülle ausgestellt. Ich fand auch schnell einen sehr schönen Rubinring mit großen Rubinen und vielen kleinen Diamanten verziert. Ein wunderschöner Saphir mit Diamanten umgeben, gefiel mir auch sehr gut. Ein zweiter Saphir kam dazu, ich konnte mich nicht entscheiden. Und schließlich wollte ich auch auf den Smaragd nicht verzichten. So kaufte ich also vier Ringe, total verrückt.

Zoll

Jetzt gab es aber ein großes Problem. Dieser Einkauf überstieg bei weitem die Obergrenze bei Waren, die zollfrei mitgenommen werden können. Schmuggeln wollte ich aber nicht riskieren. Das Center fand einen Ausweg. Sie hätten ein Abkommen mit dem Zoll, das ihnen erlaubt, mir die Ringe für mich zollfrei zuzustellen. Sie könnten den Schmuck zu einem geringeren Preis als bezahlt beim Zoll anmelden. Es durften aber bei einer Gepäckkontrolle beim Zoll auch keine bezahlten Rechnungen oder Zertifikate bei mir gefunden werden. Ich musste also vertrauen, dass meine Ringe mir tatsächlich auch zugestellt werden.

Vertrauen

Soviel Vertrauen hatte ich, angesichts eines so riesigen Centers mit geschätzten 200 Verkäufern und Angestellten, dass ich ohne jede Quittung für meine Zahlung, ihnen lediglich meine Heimatadresse hinterließ.

Feudalen Mittagessen

Die Abwicklung des Geschäfts benötige aber deswegen mehr Zeit. Meine Gruppe war schon am Ausgang und bereit, in den Bus einzusteigen, um zum Mittagessen zu fahren. Mir bot man an, mit meinem Verkäufer zusammen in ein feines Restaurant zu gehen. Nach dem Mittagessen dort, sollte der Chauffeur mich von dort wieder zu meiner Gruppe zurückbringen, die nach der Mittagspause schon in einem Geschäft für feine Lederwaren war. Eine noble Geste des Schmuckcenters. Man hat ein so nobles Restaurant ausgesucht mit erlesenen und teuren Speisen, wie ich es mir noch nie geleistet habe.

Zustellung

Schon 2-3 Wochen später, als ich wieder zu Hause war, kam auch das Päckchen von D Jewels. In im Farbdruck hergestellten Hüllen, die meine Ringe abbildeten, war auch jeweils handschriftlich festgehalten, wieviel Karat die Edelsteine, die kleineren Diamanten und das Gold hatten. Der Name des Verkäufers war ebenfalls aufgedruckt. Außerdem wurde versichert, dass die Schmuckstücke fünf Jahre lang gegen andere gleichwertige umgetauscht werden könnten.

Ärger

Ein kleiner Ärger blieb dennoch nicht aus. Ein Schreiben des RSD Reiseservice forderte mich auf, den Einzelzimmerpreis nachzuzahlen, da ich die Reise alleine angetreten habe. Ich war sprachlos. Ich bezahlte die volle Reise mit allen Zuschlägen für zwei Personen, und sollte nun, da meine Partnerin erkrankt war, einen Einzelzimmerzuschlag zahlen.

Einzelzimmerzuschlag

Das sah ich nicht ein. RSD aber drohte sogar mit Gerichtsklage. Mehrere Schreiben gingen hin und her. Erst als ich meine Entschlossenheit zeigte, es auf eine Gerichtsverhandlung ankommen zu lassen, gab der RSD nach.
Die Einzelzimmerzuschläge hat der RSD danach aber drastisch erhöht. Die neueste Studienreise nach Marokko im Herbst 2019 und Frühjahr 2020 kostet pro Person 199,00 €, der Einzelzimmerzuschlag pro Person aber 299,00 €. Es ist also klar, die Reise kann nur finanziert werden durch Zuschüsse. Eigentlich ist auch klar, dass für 199,00 € niemand 14 Tage Marokko anbieten kann mit Flug, Rundreise und einer Woche Entspannung im 4 Sterne Hotel. Nur, woher kommt das Geld?

Nordzypern

Die Reise im folgenden Jahr nach Nordzypern musste ich von vorneherein allein antreten. Meine Partnerin war inzwischen gesundheitlich schwer angeschlagen. Alleinreisende bekommen zwar in der Regel, trotz erhöhtem Einzelzimmerzuschlag, eine Absage, aber ich hatte inzwischen einen Vorteilscode. Es wird offensichtlich Buch geführt, wer einkauft und so konnte ich ohne Schwierigkeiten die Reise antreten.

Reiseleiter

Der Reiseleiter für diese sehr interessante Reise im nördlichen Teil der Insel – den südlichen kannte ich schon – war ungemein sympathisch. Er wurde in Deutschland, im Ruhrgebiet, geboren. Er sprach akzentfreies Deutsch, war aber mit 20 Jahren überzeugt, dass er in der Türkei mehr berufliche Chancen habe als in Deutschland. So kehrte er ins Land seiner Eltern zurück. Seine hervorragenden Deutschkenntnisse verhalfen ihm, einer der beliebtesten Reiseleiter zu werden. Der RSD Reiseservice schaffte es inzwischen auf 65.000 Fluggäste im Jahr. Das ist ein ernstzunehmender Wirtschaftsfaktor. Die meisten der Gäste fliegen in die Türkei.

Antalya

Der Abschluss auch dieser Reise war wieder Antalya und natürlich das gigantische Schmuckcenter
D Jewels, wo ich schon im Vorjahr über meine Verhältnisse eingekauft hatte. Ich nahm mir fest vor, diesmal nichts einzukaufen, zumal meine vier Ringe bei meiner Lebensgefährtin auf wenig Gegenliebe gestoßen waren. Sie hatte einen sehr ausgeprägten Geschmack und sagte mir glatt heraus, dass ihr nicht einer der vier Ringe gefalle.

Solitär

Zwei junge Frauen, Freundinnen, die diese Reise schon gemeinsam angetreten hatten, saßen im Bus mit mir in derselben Reihe. Wir hatten uns schon viel gemeinsam unterhalten und viel miteinander gelacht. Denen gestand ich, meine Schwäche für schöne Juwelen, und bat sie, mich zu unterstützen, damit ich nicht nochmal Dummheiten mache, die mein Budget überschreiten. Wir gingen auch tapfer an all den Juwelen vorüber, bis mir ein Solitär mit einem großen funkelnden Brillanten in die Augen stach. Ich wollte ihn unter keinen Umständen kaufen, aber es hat mich einfach interessiert, was so ein Stein kostet. Neben jedem großen Schaukasten ist ein kleines Büro, in dem eine Kundenberaterin Auskünfte über die ausgestellten Schmuckstücke gibt. Da wollte ich nur den Preis erfragen. Die beiden riefen mir noch nach: „Vergessen Sie nicht, Sie wollen nicht kaufen". Alles vergeblich. Das Verhängnis nahm seinen Verlauf.

Eine Türkin aus Reutlingen

Als die sympathische junge Türkin merkte, dass mir der Brillantring gefiel, war sie nicht mehr abzuschütteln. Ihr schwäbisch mit türkischem Akzent war sehr ansprechend. Sie habe viele Jahre in Reutlingen gewohnt und... und... und... Was sie in der Türkei am meisten vermisst, sind die guten schwäbischen Brezeln. Das nächste Mal muss ich ihr unbedingt welche mitbringen.

Preis

Ja, und was kostet dieser Solitär? Den Preis wollte sie nicht sogleich herausrücken. Wir haben sehr schöne Brillanten, wesentlich billiger. Wollen Sie diese nicht wenigsten mal anschauen? Eigentlich nicht! Ich wollte nur den Preis, speziell von diesem Brillanten erfahren. Nun, er ist sehr teuer. Ein einmaliges Exemplar, was Klarheit und Schliff betrifft. Er kostet 72.000,00 €. Wow! Mir verschlug es die Sprache. Das lag weit außerhalb all meiner Möglichkeiten. Zudem wollte ich ihn ja sowieso nicht kaufen. Ich bedankte mich für die Auskunft und wollte gehen.

Dr. Kaya

Aber so einfach ging das nicht. Warten Sie, warten Sie! Heute ist ein ganz besonderer Tag. Der Besitzer des Schmuckcenters ist heute ausnahmsweise selbst anwesend. Er kann ihnen Konditionen einräumen, die uns nicht erlaubt sind. Es konnte keine Konditionen geben, die mich dazu gebracht hätten, einen so teuren Brillanten zu kaufen. Aber da stand Dr. Kaya auch schon unter der Tür und stellte sich vor.

Nicht kaufen!!

Er erzählte mir von seinem Unternehmen und seinen vielen Filialen. Ich konnte mich nicht entziehen, ohne unhöflich zu sein. Er war mir hinterhergelaufen und hatte uns belauscht, ohne von uns bemerkt zu werden. Als die zwei Freundinnen gemeinsam noch zuriefen „nicht kaufen". Darüber habe er sich sehr geärgert. Diese Bemerkung von ihm fand ich unpassend.

Ein Armenier

Aber anschließen erzählt er so spannend über sich, dass ich doch interessiert zuhörte. Er sei Armenier, lebe inzwischen vorwiegend aber in Istanbul. Armenier seien immer noch unbeliebt in der Türkei, deshalb habe er dort einen türkischen Namen. Er trug kein Namensschildchen, dort wäre wahrscheinlich der türkische Namen gestanden. Er hatte es vorher abgenommen, aber befürchtet, ich hätte es vielleicht schon lesen können. Er brauchte eine Erklärung dafür, dass er sich jetzt mit seinem armenischen Namen Dr. Kaya vorstellte. Er hatte noch Landbesitz im Ursprungsland der Armenier, in der Nähe des Van-Sees in Ostanatolien, wo zu Beginn des 1. Weltkriegs der Aufstand der Armenier gegen den Sultan stattfand, und von wo dann die Flüchtlingskolonne in Richtung des Wüstengebiets im Norden Syriens in Gang gesetzt wurde.

Flüchtlingskolonne

Von dieser Flüchtlingskolonne, vom türkischen Militär erzwungen, kamen nur wenige in Musa Dag an. Die meisten starben vor Entkräftung vorher, verhungerten, oder fielen auch Massakern zum Opfer, die von türkisch, stämmigen Dörfern aus stattfanden, um die geringen Habseligkeiten der Zwangsdeportierten an sich zu bringen.

Völkermord

Ich wusste von diesem Ereignis, das ja bis heute umstritten ist. Die Türkei will offiziell diese Deportation und die vielen Toten nicht als Völkermord anerkennen. Es gab eine große Verstimmung zwischen Erdogan und Deutschland, als der

Bundestag diese Vertreibung der Armenier aus ihrem Stammgebiet offiziell als Völkermord deklarierte. Deshalb fragte ich ihn, ob er private Erinnerungen in seiner Familie von diesem Ereignis habe, und wie es komme, dass er noch Ländereien dort besitze?

Waisenkinder

„Oh es gibt noch mehrere tausend Armenier dort. Sie wollen allerdings nicht als solche erkannt werden. Sie tragen türkische Kleidung und es gibt dort auch keine christlichen Kirchen mehr. So unterscheiden sie sich durch nichts von den Muslimen. Es sind die Nachfahren armenischer Waisenkinder, die von türkischen Familien aufgenommen wurden. Und das zu Tausenden, was kaum bekannt ist. Mein Großvater gehörte auch dazu. Er war 1915 zehn Jahre alt, als beide Eltern umkamen. Wer aber heute Karriere machen will, muss nach Istanbul umziehen, wie ich, und nimmt einen türkischen Namen an."

Erika

Diese familiären Erinnerungen brachten ihn dazu ganz persönlich zu werden. Er sei vor einer Woche, obwohl schon 60 Jahre alt, erstmals Vater geworden. Dem Mädchen habe er einen deutschen Vornamen gegeben: Erika. Das harmoniere doch vorzüglich zum Nachnamen: Erika Kaya. Er wurde so gerührt, dass er mir eine goldene Kette schenken wollte, damit ich an seiner Freude teilnahmen könne, und das ungeachtet der Tatsache, ob ich den Brillanten kaufe oder nicht. Die eifrige Kaufberaterin aus Reutlingen brachte auch gleich eine schwere, mit Edelsteinen verzierte Halskette herbei. Offizieller

Preis 3.000 €. Das konnte ich selbstverständlich nicht annehmen.

Einladung

Er lachte „Die Deutschen sind unverbesserliche Prinzipienreiter. Sie können nicht einmal ein Geschenk annehmen. Ich lade Sie ein. Seien Sie mein Gast auf meinem Landsitz, am Fuß des Ararat. Ich zeige Ihnen, dass man das Leben genießen darf. Ich wette, Sie haben ein Leben lang gespart und hinterlassen ein Vermögen, ohne sich je etwas gegönnt zu haben. Dabei ist die einzige Sünde, die man in diesem Leben machen kann, Geld zu hinterlassen, das man nicht ausgegeben hat. Das bedeutet nämlich, es war und ist vollkommen nutzlos".

Geschäftssinn

Natürlich durchschaute ich seine Argumentation und erwiderte meinerseits ebenfalls lachend: „Man sagt, die Armenier seien mehr als tüchtige Geschäftsleute". Lachend bestätigte er: „Ja das stimmt, ein Armenier nimmt es mit jedem Juden auf. Ich stecke zehn Juden in den Sack". Das glaubte ich ihm, ohne zu merken, dass er im Begriff war, mich dazu zu stecken.

Warum nicht?

„Der Solitär gefällt Ihnen. Und das Geld haben Sie auch. Also warum kaufen Sie ihn dann nicht?" Ja nun, so ganz stimmte das nicht. Gerade vorhin hatte ich einen Seidenteppich gekauft, der eigentlich auch über meinem Budget lag. Im Moment hatte ich das Geld in bar dazu überhaupt nicht. Im Grunde ärgerte ich mich, dass ich mich rechtfertigen musste, weil ich den Ring nicht kaufen wollte. Die Aufdringlichkeit von Dr. Kaya war eigentlich eine Unverschämtheit.

Telefonate mit Antwerpen

„Warten Sie, ich muss mich mit der Diamantschleiferei absprechen. Der Brillant ist nummeriert, und dort können sie mir sagen, um wie viel ich den Preis reduzieren kann". Er ging in einen Nebenraum, um zu telefonieren." Sie können sich diese Mühe sparen, ich kaufe diesen Ring nicht".

Frau Ayla

Frau Ayla schaltete sich ein. Die Kundenberaterin. Sie hatte damals allerdings einen anderen Namen, an den ich mich nicht mehr erinnere. „Bedenken Sie, es ist die sicherste Geldanlage. Unser Geldsystem geht über kurz oder lang sowieso bankrott. Am beständigsten aber bleibt der Wert von Diamanten, mehr noch als von Gold. So ein kleiner Stein kann auch am besten versteckt werden. Manche Jüdin, die das KZ überlebt hat, konnte ihre teuersten Diamanten retten, indem sie sie verschluckt und nachher wieder „herausgepuhlt" hat."

Halber Preis

Dr. Kaya kam zurück. Strahlend. Antwerpen ist einverstanden mit dem halben Preis, also statt 72.000 € nur 36.000 €.
Man sagt ja allgemein, man solle feilschen, vom Anfangsangebot die Hälfte sei eine faire Sache. Ich war

allerdings nicht einverstanden. 36.000 € war mir immer noch zu hoch.

„Gut! Handschlag! Ich mache das schlechteste Geschäft meines Lebens. 30.000 € und der Stein gehört Ihnen".

Unlimited

Meine Mastercard und meine TUI Card waren limitiert auf je 5.000 €. Mein persönlicher Berater bei der KSK hatte mir dazu geraten. „Falls Sie die Kreditkarten verlieren oder sie Ihnen gestohlen werden, dann ist der Schaden wenigstens begrenzt." Im Jahr vorher hatte ich im selben Schmuckgeschäft meine Kreditkarten mit 18.000 € belastet. Dazu kamen 1.000 € im Ledergeschäft und 1.000 € für einen Teppich. Mein ehrlicher Bankberater wollte wahrscheinlich verhindern, dass ich nochmal so unüberlegt Geld ausgeben. Er hat allerdings viel dezenter formuliert.

Ratenzahlung

Wegen des Teppichkaufs, der in voller Höhe bei der Zustellung des Teppichs bezahlt werden musste, so war ausgemacht, wusste ich, dass mir auf jeden Fall 20.000 € noch fehlen. Und Schulden zu machen, für einen Stein den ich gar nicht wollte, das kam überhaupt nicht in Frage. Da schlug Dr. Kaya vor, „Sie haben ja auch monatliche Einnahmen. Wenn Sie zehn Ratenzahlungen zu je 2.000 € machen, dann ist der Solitär bezahlt". Er holte noch eine teure Uhr, angeblich im Wert von 2.000 €, die ich gar nich
t wollte. Im Internet habe ich nachgeforscht, sie wird dort um 500 € angeboten.

Vertrauensbeweis

Als besonderen Beweis seines Vertrauens gab er mir sein privates Konto bei einer Schweizer Bank preis. Dieses ungewöhnliche Geschäft konnte natürlich nicht offiziell über das Schmuckcenter laufen, sondern musste ganz privat abgehandelt werden. Er gab mir als Kontonr. an: BIC RAIFCH22B77 RAIFFEISEN SCHWEIZ GENOSSEN, IBAN CH9181177000002424222, Zahlungsempfänger: ReMaSe AG Luzern (das seien die Firmen, die ihm gehören), Verwendungszweck: 14 Z MO 5595.

Ich schaute den Solitär nochmal an, er war wirklich mehr als schön, und so machte ich die Dummheit meines Lebens.

Restaurantbesuch

Wie im Vorjahr wurde ich auch dies Mal wieder mit einem Chauffeur in ein sehr elegantes Restaurant gefahren. Es lag direkt am Meer, nur durch die Uferpromenade vom Strand getrennt. Ein Garten mit exotischen Pflanzen lud bei spätsommerlicher Temperatur zum Draußen-Essen ein. Dr. Kaya entschuldigte sich, er habe noch so viele Termine. Aber eine hübsche junge Türkin gab er mir als Begleiterin mit, mit der ich mich blendend unterhalten konnte.

Finanziell verschmerzt

Inzwischen sind 4,5 Jahre vergangen. Die Dummheit war nach 10 Raten bezahlt. Es überwog sogar die Freude über diesen schönen Brillanten. Finanziell war der Kauf verschmerzt.

Zudem gefiel er sogar meiner Lebensgefährtin, ganz im Gegensatz zu den vier Ringen vom Vorjahr, von denen ihr kein einziger gefallen hatte. Ich erzählte ihr, dass ein Solitär der traditionelle Verlobungsring in Adelskreisen ist. Aber das wusste sie schon, sie stammt ja aus einem Juweliers Haus. Wir beide lebten nun schon 20 Jahre zusammen, unverheiratet. Ich steckte ihr den Ring an den Finger. Damit sind wir jetzt wenigstens verlobt. Es ist unser Verlobungsring. Sie strahlte. Es war eines der letzten freudigen Ereignisse. Nicht sehr lange danach, ist sie gestorben.

Der 1. April 2019

Eine Überraschung aus heiterem Himmel, ein Blitz, ja ein Donnerschlag ereignete sich am 01. April dieses Jahres. Sozusagen ein Aprilscherz der ganz besonderen Art. Dr. Kaya vom Schmuckcenter D Jewels in Antalya rief mir an. „Sie müssen mir aus der Patsche helfen. Wir hatten eine Razzia, und auch die alten Auftragsbücher wurden durchsucht. Für Ihren Solitär mit Brillant konnte ich keine Zollbescheinigung nachweisen und kassiere dafür eine Strafe von 300.000 €. Das Schlimme ist, dass noch sechs weitere entsprechende Fälle entdeckt wurden".

Zollamt

„Zum Glück konnte ich", so fuhr er fort „mit der Außenstelle des deutschen Zollamts hier in Antalya eine Lösung aushandeln. Zwei Fälle sind auf diese Weise schon fast gelöst worden. Die Strafanzeige wird zurückgezogen, wenn Sie erklären, dass Sie den Schmuck bei der Rückreise nicht bei sich hatten. Zweitens, dass Sie ihn erst nachträglich bezahlt haben und drittens, nachdem Sie ihn bei uns zwar angeschaut aber erst nachträglich bestellt haben. Von Deutschland aus.

Meine Reaktion

Dass Dr. Kaya den Zoll umgangen hatte, das war mir sofort klar, da bei der Zustellung des kleinen Päckchens weder Post noch Zollamt beteiligt waren. Ein privater Kurier reiste angeblich aus Antwerpen speziell deshalb zu mir nach Oberndorf und überbrachte mir persönlich den Solitär. Telefonisch wurde mir von seiner Ankunft berichtet und er klingelte auch pünktlich zum angegebenen Termin an der Haustüre.

Unterschrift

Ich musste ein vorbereitetes Blatt unterschreiben, dass ich den Solitär erhalten hatte, und der Kurier zog wieder von dannen. Beim Grenzübertritt vor 4,5 Jahren hatte ich den Schmuck nicht dabei. Ich hätte ihn also gar nicht vorweisen können. Bezahlt habe ich ihn ebenfalls später, außer der Anzahlung. Aber die Versicherung, ich habe ihn erst nach der Rückkehr von Deutschland aus bestellt, das entsprach ja nicht den Tatsachen. Das wollte ich auch nicht bestätigen. Ich sah die Notwendigkeit dazu auch gar nicht ein.

Zollbeamtin

„Rufen Sie doch bitte die Außenstelle des Zollamts hier in Antalya an. Die Zollbeamtin Frau Ayla, eine Türkin, kann Ihnen dazu Auskunft geben. Sie will alles, was legal möglich ist zu meinen Gunsten regeln".

Wer ruft wen an?

Das sah ich nun vollends nicht ein. Dass ich Zollprobleme des Herrn Dr. Kaya mit einer türkischen Zollbeamtin regeln sollte. Soll doch sie mich anrufen! Doch Dr. Kaya versicherte, dass eine staatliche Stelle das legaler Weise nicht tun dürfe. Er würde mir alle Unkosten, auch die Telefongebühren, großzügig erstatten. Er bat mich inständig, ihm zu helfen. Das Geld für den Solitär, den sie mir 26.400 € verbucht hatten, müsse erneut fließen, damit die Zollbeamtin davon die Zollgebühren einbehalten könne und den Rest dann an ihn weiterleite. Danach könne der Strafbefehl aufgehoben werden. Es würde sogar ausreichen, wenn nur die Hälfte, also 13.200 € fließen würden. Er habe sein Vertrauen mir gegenüber ja schon unter Beweis gestellt, als er mir den Brillanten ausgeliefert habe, obwohl noch 10 Raten von je 2.000 € ausstanden. Deshalb müsse ich auch ihm vertrauen, dass er den Betrag innerhalb von drei Tagen an mich zurücküberweise. Der Umsatz seines Schmuckcenters betrage im Jahr 500 Millionen Euro. Deshalb sei so ein Betrag für ihn ein Klacks.

Hartnäckigkeit

Diese schon unanständige Hartnäckigkeit erklärte ich mir, dass er tatsächlich in großer Not war, und ich rief die von ihm angegebene Nummer an. Er hatte sie mir telefonisch durchgegeben.
Es ist die Nummer 0090-539 725 69 95.
Dort meldete sich tatsächlich eine Frau Ayla, die bestens informiert war. Die Sache würde unter der Nr. 15CK4478 bearbeitet. Es stimmt, versicherte sie mir, aber dann müsse das Geld nochmals fließen. Davon würden der Anteil der

Zollgebühren entnommen und der Rest an die Firma D Jewels weitergeleitet.

E-Mail

Inzwischen kam eine E-Mail von Dr. Kaya mit der Bestätigung, dass die Firma den vollen Betrag rücküberweist, und er gab an, die Kontonummer des Zollamts in der Türkei. Im Wortlaut die Mail:

Sehr geehrter Herr Landon-Burgher,

die Firma ist verpflichtet 13.200 EUR + 300 EUR (die 300 EUR zusätzlich sind die Unkosten für das Telefonieren) am Freitag 05.04.2019 wieder auf das Konto von Herr Landon-Burgher zurück zu überweisen.

Mit freundlichen Grüßen

Dr. Ates Kaya
General Direktör

Für die Überweisung wurde folgende Daten übermittelt:

Emfänger:
Vorname: SONER
Familienname: AYKUT
Bank Name: YAPI KREDI BANK
IBAN: TR45 0006 7010 0000 0056 9953 24
BIC: YAPITRISXXX
Adresse: Ege Str. 7-11 DENIZLI TURKEI
Fax No: 0090 212 551 35 71
Tel No: 0090 539 725 70 13

Geldüberweisung

Das Ganze sah ja wirklich nach Betrug aus, nach dem primitiven Muster des „Enkeltricks". Aber ich konnte mir einfach nicht vorstellen, dass ein international so bedeutendes Schmuckzentrum, wie D Jewels Antalya, nicht seriös sein könnte. Und wenn doch, dann konnte der Betrüger, der sich Dr. Kaya nannte, leicht ermittelt werden. Er war, wenn sicher auch nicht der alleinige Besitzer, zumindest ein leitender Angestellter im Schmuckzentrum. Er hatte das Gerät, mit dem er von meiner Mastercard und meiner TUI Card je 5.000 €, also die Anzahlung, abbuchen konnte. Das zeigte, dass er eine hohe Vertrauensstellung in der Firma inne hatte.

Bestätigung des Geldeingangs

Ein Anruf von der Zollbeamtin bestätigte mir, dass der Geldbetrag von 13.200 € eingegangen sei. Sie sei jedoch an die Vorschriften gebunden, der Gesamtbetrag müsse fließen, also nochmal 13.200 €, sonst sei die erste Zahlung futsch. Sie habe das auch Dr. Kaya mitgeteilt. Der sei dann auch sofort zu ihr auf das Amt gekommen und habe sie übel beschimpft. „Und das habe ich doch wirklich nicht verdient", klagte sie. Als sie so sentimental wurde, erkannte ich auch mit Sicherheit die Stimme mit dem angenehmen schwäbischen Akzent der Stadt Reutlingen wieder. Es war die Kundenberaterin von damals, als sie mir Dr. Kaya als Besitzer des Schmuckzentrums vorstellte. Es war also ein abgekartetes Spiel der beiden, wie damals.

Anzeige

Ich brauchte den Freitag nicht abwarten, an dem angeblich das Geld zurück auf mein Konto überwiesen wurde. Es handelte sich um Betrug, aber von so primitiver Art, wie ich es nie für möglich gehalten hätte. Ich machte sofort eine Strafanzeige. Aber das war gar nicht so einfach. Wen wollte ich denn anzeigen? Dass Dr. Kaya ein Tarnname war, wie auch der Name Ayla, das war sicher. Und wie genau lautete die Adresse des Schmuckcenters in Antalya?

Türkische Polizei

Dazu kommt, wie mir die deutschen Kriminalbeamten alle versicherten, dass die türkische Polizei von den betrügerischen Verkaufszentren so hohe Bestechungssummen kassieren, dass sie eine Anzeige aus Deutschland sofort ad acta legen und keinesfalls eine Ermittlung einleiten.

Misstrauen

Bei mir kamen jetzt Zweifel auf. Wenn dieser „Dr. Kaya", der mir einen Solitär für 30.000 € verkauft hat, zu so billigen Tricks greift, dann ist auch dieser Kauf damals mit Vorsicht zu genießen. Schon bei der Auslieferung damals war ich sehr bestürzt, dass dieser teure Stein keinerlei Zertifikat hatte und keine Expertise, die bestätigt wie hoch der Reinheitsgrad, die Qualität des Schilffs war und die Anzahl der Karate.

Expertenmeinung

Ich zeigte den Brillanten einem Fachmann. Es ist ein sehr schöner Stein und er hat drei Karat. Der Wert liegt damit bei 3.000 €. Bei hoher Reinheit und exzellenten Schliff könnte der Preis noch etwas höher liegen. Ein Zertifikat hätte aber auf jeden Fall dabei sein müssen.

Seidenteppich

Ein zweites fiel mir auf. Dieser Dr. Kaya hatte in seiner E-Mail angegeben:
Dr. Ates Kaya
Teppich Zentrum
General Direktör

Und als E-Mail-Adresse: Sentez Tourism Carpert A.S.

Er arbeitete aber doch im Schmuckzentrum! Dass ich unmittelbar, bevor ich mit unserer Gruppe ins Schmuckzentrum gefahren wurde, im Teppichzentrum vorher einen Teppich gekauft hatte, davon hatten wir nicht gesprochen. Davon konnte er nach Meinung nichts gewusst haben, aber das war offensichtlich nicht der Fall.

Absprachen

Jetzt fiel mir auch auf, dass das Teppichzentrum und das Schmuckzentrum gegenseitig ein Informationsaustausch betreiben. Es gab nämlich eine eigenartige Parallele. Im Teppichzentrum hatte man mir gleich den teuersten Teppich gezeigt, mir allein. Ich wurde ausgesucht während die anderen in Gruppen auf andere Räume verteilt wurden. Kostenpunkt für den Teppich 72.000 €. Es war ein Hereke, ein Seidenteppich, silk on silk, so wunderschön, dass es einem die Sprache verschlägt. Für 30.000 € habe ich ihn dann gekauft. Die erste Kostennennung für den Brillanten war ebenfalls 72.000 €. Bei 30.000 € bin ich dann ebenfalls schwach geworden. Man hatte also dem Schmuckcenter mitgeteilt, wo meine Schmerzgrenze liegt.

Die Auslieferung des Teppichs

Der Teppich wurde mir ebenfalls nicht vom Zollamt zugestellt, sondern es kam ein junger Mann direkt aus Prag, wie er sagte. Das Foto, das von mir gemacht wurde als ich mich auf den Teppich stellte, damit ich am Teppichmuster erkenne, dass es auch tatsächlich der Teppich ist, den ich ausgesucht hatte, dieses Foto fehlte. Die Plombe mit den Maßen des Teppichs, die am Teppich befestigt wurde, ebenfalls zur Kennzeichnung, fehlte. Eine ungestempelte Plombe wurde in einem Plastiktütchen separat übergeben und die Maße des Teppichs wurden auf einem kleinen Stofffetzen dazugelegt.

Worldwide looms

Es wurde mir im Teppichzentrum gesagt, dass dieser Teppich nicht in Hereke geknüpft worden sei, dort gäbe es keine Teppichknüpfereien mehr, aber ausgelagert seien die Werkstätten in einen anderen Teil der Türkei, wo nach denselben Techniken und denselben traditionellen Muster gearbeitet werde. Man holte sogar die Teppichknüpferin herein, die volle vier Jahre an den 4 Millionen Knoten gearbeitet habe. Das durchschaute ich zwar als Verkaufstrick, aber es handelte sich wirklich um einen Seidenteppich mit alten türkischen Mustern. Soweit kannte ich mich aus.

Enttäuschung

Aber auch hier wurde ich getäuscht. Auf dem Certificate of Guarantee steht „crafted in our company´s worldwide looms", hergestellt in unseren Knüpfereien weltweit. Als Origin wird angegeben: D.T.IPEK Ref.Number SH-6875
Einzig die Größe stimmt 2,4 x 1,66 = 3,98 m²

Material: silk on silk, das heißt zwar Seide auf Seide. Es bedeutet aber Kunstseide auf Kunstseide.
Also auch hier ein totaler Reinfall. Der Teppich wurde vermutlich in China geknüpft. Es ist mit Sicherheit nicht der Teppich, auf dem ich gestanden habe. Er hat ein völlig anderes Muster, ein moderneres, kein traditionell türkisches, nur die Farbgebung stimmt.

Preis

Es gibt in China einen Ort, den haben die Chinesen, klug wie sie sind, Hereke genannt. Sie dürfen die Teppiche, die sie dort knüpfen also Hereke nennen. Allerdings nicht Hereke in der Türkei, sondern eben Hereke in China. Es sind ungewöhnlich schöne Teppiche, die dort gemacht werden. Die Chinesen sind ein sehr kunstfertiges Volk. Sie werden allerdings nicht aus Naturseide, sondern aus chemischen Fasern hergestellt. Ich habe im Internet nach dem Preis eines solchen Teppichs gesucht, habe aber keine Angaben dazu gefunden.

Ultimatives Desaster

Nun holte ich auch noch die vier Ringe aus meinem Tresor, die ich im Jahr zuvor nach der Kappadokien-Reise gekauft hatte, für immerhin 18.000 €. Auch da wurde ich betrogen, wie ich jetzt feststellte. Auf den vorgedruckten Garantiezertifikaten waren Angaben zum Karat des Goldes und zum Karat der Steine angegeben. Auch wurde garantiert, dass D Jewels die Waren innerhalb von fünf Jahren umtauscht gegen gleichwertige. Bei genauerem Lesen der Rückseite der Zertifikate merkte ich allerdings, dass die Sicherheitsnummern, die bei jedem Kontakt mit der Firma angegeben werden müssen, dass die fehlten. Zudem fehlte jede Adresse und Telefonnummer, an die man sich wenden könnte. Auch der Preis der Schmuckstücke ist nirgends verzeichnet. Bei genauerem Betrachten der Ringe, merkte ich, dass das Gold mit 18 Karat angegeben nicht einmal punziert ist. Die Smaragde sind offensichtlich buntes Glas.

Was nun?

Soll ich an D Jewels Antalya schreiben, dass offensichtlich betrügerische Mitarbeiter zu eigenem Vorteil an der Firma vorbei Geschäfte machen?
Im Internet habe ich eine Rechtsanwältin gefunden, die ausschließlich Klagen von betrogenen Kunden dieses Schmuckcenters vertritt. Hauptanklage: Überteuerte Waren.

RSD-Reiseservice

Sollte ich diesen Reiseservice informieren, dass er seine Kunden in betrügerische Einkaufszentren fährt? Ich bin inzwischen überzeugt, dass er gemeinsame Sache macht mit diesen Verkaufscentren für Lederwaren, Teppiche und Schmuck. Dass er dafür eine Provision kassiert, wenn er Kunden dort hinbringt, die man abzocken kann.

Einzige Lösung

Alle Reisenden, die mit dem RSD-Reiseservice je einen Flug gemacht und womöglich eingekauft haben, sollten überprüfen, ob die Qualität ihrer Einkäufe dem Preis entspricht. Womöglich merken sie erst im Nachhinein, so wie ich, dass sie betrogen worden sind. Wenn künftige Reisende des RSD vorsichtiger beim Einkauf sind, können die Verkaufscentren nicht mehr so hohe Prämien pro Käufer bezahlen. Die „kostenlosen Kaffeefahrten durch die Lüfte" werden seltener werden. Wenn eine 14-tägige Rundreise in Marokko oder Türkei und einem Erholungsurlaub im 4-Sterne-Hotel für 199 € keinen Gewinn mehr einfährt, werden diese Reisen mit Sicherheit ganz aufhören.

Sammelklage

Vielleicht könnten sich sogar alle Geschädigten zusammenschließen und eine Sammelklage vorbereiten. Dann könnte man womöglich die türkische Polizei, also Interpol, zwingen eine Ermittlung aufzunehmen.